León
Lion

Lince
Bobcat

Pantera
Panther

Tigre
Tiger

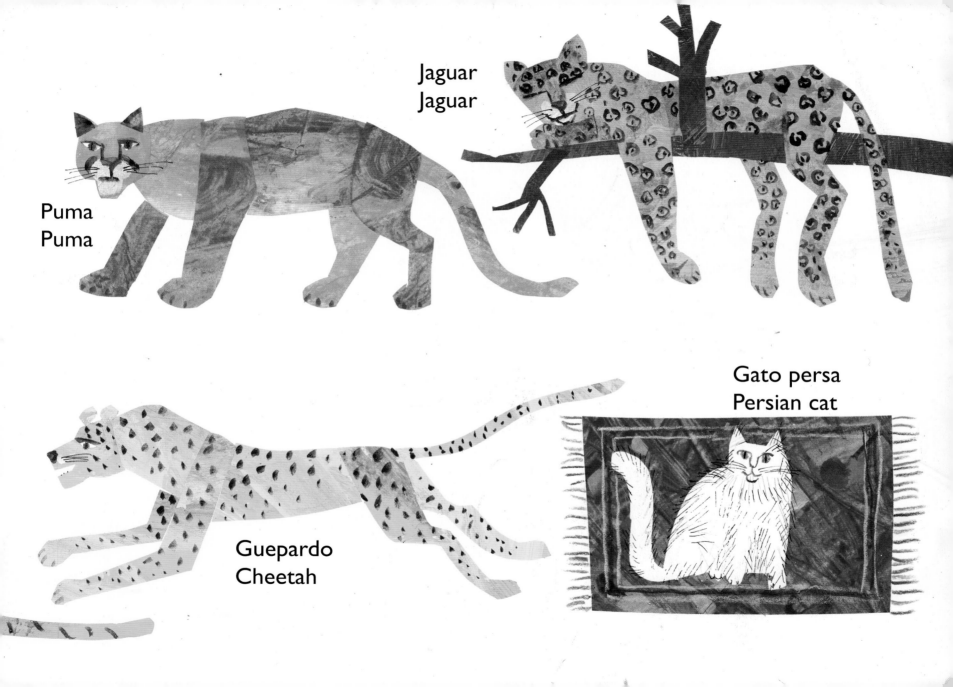

Jaguar
Jaguar

Puma
Puma

Gato persa
Persian cat

Guepardo
Cheetah

Dedicado a todos los gatos en mi vida
Dedicated to all the cats in my life

ERIC CARLE

¿Ha visto a mi gata?
Have you seen my cat?

Simon & Schuster Libros para niños
Nueva York   Londres   Toronto   Sídney   Nueva Delhi
New York   London   Toronto   Sydney   New Delhi

¿Ha visto a mi gata?
Have you seen my cat?

¡Esta no es <u>mi</u> gata!

This is not <u>my</u> cat!

¿Ha visto a mi gata?
Have you seen my cat?

¡Esta no es <u>mi</u> gata!
This is not <u>my</u> cat!

¿Ha visto a mi gata?
Have you seen my cat?

¡Esta no es <u>mi</u> gata!
This is not <u>my</u> cat!

¿Ha visto a mi gata?
Have you seen my cat?

¡Esta no es <u>mi</u> gata!
This is not <u>my</u> cat!

¿Han visto a mi gata?
Have you seen my cat?

¡Esta no es <u>mi</u> gata!
This is not <u>my</u> cat!

¿Ha visto a mi gata?
Have you seen my cat?

¡Esta no es <u>mi</u> gata!
This is not <u>my</u> cat!

¿Ha visto a mi gata?
Have you seen my cat?

¡Esta no es <u>mi</u> gata!
This is not <u>my</u> cat!

¿Han visto a mi gata?
Have you seen my cat?

¡Esta no es <u>mi</u> gata!   This is not <u>my</u> cat!

¿Dónde está mi gata?
Where is my cat?

¿Han visto a mi gata?
Have you seen my cat?

¡Esta es mi gata!
This is my cat!

SIMON & SCHUSTER LIBROS PARA NIÑOS
Publicado bajo el sello editorial de la División Infantil de Simon & Schuster
An imprint of Simon & Schuster Children's Publishing Division
1230 Avenue of the Americas, New York, New York 10020
Primera edición en lengua española, 2016
First Simon & Schuster Libros para niños paperback edition November 2016
Copyright © 1987 Eric Carle Corporation
Translation/Traducción © 2016 Eric Carle Corporation
Eric Carle's name and signature logo type are registered trademarks of Eric Carle.
El nombre y el logotipo de la firma de Eric Carle son marcas registradas de Eric Carle.
All rights reserved, including the right of reproduction in whole or in part in any form.
Todos los derechos reservados, incluido el derecho a la reproducción total o parcial en cualquier formato.
SIMON & SCHUSTER LIBROS PARA NIÑOS and colophon are registered trademarks of Simon & Schuster, Inc.
SIMON & SCHUSTER LIBROS PARA NIÑOS y el colofón son marcas registradas de Simon & Schuster, Inc.
Translation by Alexis Romay
Traducción de Alexis Romay
For information about special discounts for bulk purchases, please contact Simon & Schuster Special Sales at 1-866-506-1949
or business@simonandschuster.com.
Para obtener información respecto a descuentos especiales en ventas al por mayor, diríjase a Simon & Schuster Special Sales al
1-866-506-1949 o a la siguiente dirección electrónica: business@simonandschuster.com.
Manufactured in China 0816 SCP
Fabricado en China
10 9 8 7 6 5 4 3 2 1
ISBN 978-1-4814-7734-5

León
Lion

Lince
Bobcat

Pantera
Panther

Tigre
Tiger

Puma
Puma

Jaguar
Jaguar

Guepardo
Cheetah

Gato persa
Persian cat